葬の朝

冴香 Sayaka

文芸社

葬の朝 ●目次

「梅雨」

——雨のにおい。

長靴の下の水たまりと、濃い緑の色、
かすんだ白い車と、幼いわたしを呼び止める、弱々しい声音。
浮かび上がって、取り憑いた。

もうたくさんよ。
ここに、あるはずがないのに。

傘をたたんで歩いた。

記憶は、洗われる？
ずぶ濡れの下に隠されて、流れて、落ちてしまえばいい。
赤く滴ったとしても、かまわない。
そこからあの声が、弱く手招きしたとしても、
今度こそ、踵で踏み散らして、立ち去ってあげる。

あなたは、肩を震わせて泣くのね。
幼いわたしは、途方に暮れるのに。
振り向いてしまった。あなたの声。
子供のふりをして微笑んだばかりに。
気付いていた？
頭を撫でるふりをして、あなたは押さえ付けたのよ。
大人の、手の力。

わたしは、決して叫ばなかったけれど、
あなたはいつも、泣くのね。

もうたくさんよ。
啜り泣く声。
ここに、あるはずがないのに。

雨のにおい。
振り切って、アパートに逃げ込んでも、
狭い部屋に充満する。
誰であろうわたしから、滴る雨の残骸。
咽せながら、なにを抱えて眠ればいい？

わたしから、放たれるのよ。
誰が、背中をさすった？
いったい誰が？

もうたくさんよ。
もう、いるはずがないのに。

「決別」

その腕があればいい。
わたしに絡み付いて、離れないで、
ずっと、抱きしめていてくれる。
出ていくのなら、その腕を置いていって。
今、切り離してあげる。

その声があればいい。
耳元でずっと囁いて、わたしの鼓膜を震わせる。
音のない生活なんて考えられないわ。
置いていって。

わたしは、その声を纏うの。
その胸があればいい。
頬を押しつけて、鼓動を感じて過ごすわ。
便利な、わたしのベッド。
せめて、安らかな眠りを置いていってよ。
切り裂けば、血が流れることも知っている。
同じね。
わたしの流した痛みが、あなたには見えたはずなのに。
だからその目はいらない。
歩いていくための足もいらない。
わたしを踏み越えて、さあ、行けばいい。

愚かな人。
わたしがもぎ取った、その残りを抱えて、
不様に生きなさい。
出ていけばいい。
あなたの元には、一体なにが残ったの。

「花火」

遠くの歓声。
鮮やかな浴衣たち。
からまった手。
皆が、幸福を見上げて、
重なった光に、未来を見た。

火薬のにおいの、記憶。

笑った赤い口。
幻想の光に照らされた、大きな手。

爆音は、胸を責め、
蹲ったわたし。
草むらに、吐いた嗚咽。

頭の上。
他人の熱と、
離した、手のひら。
彷徨って、捜している？
捜している？
名前を、叫んで。

音……におい……記憶。

わたしを、撃ち落としにきた。

#「灰かぶり」

小さな少女、
ペンキの匂いが香って、
ようやく、我に返った。
隣に、白く光る、高い塀。
ゆっくりと、
ネオンが見えて、
車の音が聞こえて、
足を、動かせていることを自覚する。

両手が、

彷徨って、
泣きだしながら、
求めだす。
おだやかな、温度…

遠くへと…
ぶかぶかのクツも、
枕元のクマさんも、
みんな、
重ねて、
火をつけたのに。
帰り着いた、扉の中、
息を切らせて、

幸福の顔。
妄想の中。
包まれて、
微笑んで…

焼けた灰の上に、
叫びたかった涙。
朝日の射す前に。
クツの踵と、
クマさんの右耳。
欠けらが、集まって、
そっと、寄り添った。
小さな、亡骸…

「鏡のお化け」

鏡のお化けの話をしてあげようか？
あの鏡にね、夜は布をかけるでしょう？
そう、あの赤い布。
あれはね、
鏡から出る恐いものが、あなたをさらっていかないように。
わたしの、可愛い坊や。
わたし以外の白い腕には、どうか気を付けなさい。
とても哀しげに、しなるから。
付いていってはだめよ。
あなたはすぐに、引きずりこまれるから。

そう、鏡の向こうにね。
ええ、きっと、冷たく澱んだところよ。
あの鏡はね、あそこに立って、ずっと見てきたの。
とても、たくさんのことよ。
そうね、わたしもいるかもしれない。
いちばん、多く映されてきたから。
ううん、あなたはまだいないわよ。きっと、いないの。
なんなの⁉　そんなに入りたければ、行ってしまえばいいわ。
赤い布を、剥がしてあげるから。
向こうで、やさしく抱きしめてもらえばいい。
冷たい手でね。
蒼い唇は、あなたに口付けて、
その血を、吸い取ってしまうから。

……冗談よ。布はかけておくわ。
さあ、もうお眠りなさい。お休みのキスをしてあげましょう。
わたしの可愛い坊や。
あなたを呼ぶ白い手には、くれぐれも気を付けてね。
枕元の天使に、さあ、願い事をかけて。
いい夢をね。
可愛い坊や。

「乱息」

同じ匂いに出逢った。

条件反射で喘いで、
閉じこめていた記憶、
目の前に赤い染みを作って、
叫んでいた。
悲鳴はいつも、
高く――
撫でる手も、吐息の温度も、
まだ強く、

覚えていた。

貪った体。
鮮やかに、感じて。
貪った体。
口を、開いて。
愛情を憎むほどに、
垂れ流した。

目を開けば、
滲みだした光…

ここへ。

口移しで、
伝えてあげる。
溺れるほどに、
流し込んで。
その舌を、
絡めて、
噛み切って――

街のすみ。
かすめた匂い。
光が、滲みだして。
垂れ流した愛情。
まだ強く、

覚えていた。

覚えていた。
覚えていた。

「まちがい」

あなたの苦悩を抱えましょう。
あなたの罪を背負いましょう。
あなたのために働いて、
抱え続けた、その病と交換をする。
皺の一本一本をわたしに移して、
見る見る、笑顔に戻ったなら、
わたしは醜く膨らんで、
吸い込みすぎた体、
動くこともできないくらいに重く、跪くから。目を閉じたなら、
終わらせて。

どうか、許して。
わたしが、全部を抱えて逝くの。
醜く膨れた体に火を付けたなら、
忘れて。そのまま、山を下りて。
黒い煙が、それが全て、天へ帰ったなら、
どうか許して。
わたしは二度と立たない。
それで許して。
どうか、終わらせて。

「赤い光景」

やさしく笑って押さえ付けて、惨たらしくいたぶって、傷付けた。
あなたは美しい人。
やさしいといわれる人。
好かれて、冗談を言って、笑い合う。
その手、その口、その足。
わたしは捕まえられ、逃れられず、
踏み付けられ、罵られた。
その口が、わたしの名前を紡ぐ。
赤い唇が形作るのを、わたしはたった一度だけ、見下ろしている。
見上げるのではなく。

あなたは笑う。
外でも内でも、わたしが泣いていても。
上手に使い分けて、わたしをふさぐ。
わたしはいつも、あなたの影にいました。
終わりにしたかったの。
そして、あなたの血で。
あなたに流れるものがどんな液体なのか、確かめてみたかった。
赤いのか蒼いのか、熱いのか冷たいのか、
甘いのか辛いのか、わたしと、似ているのか。
とてもきれいね、赤い絨毯。
あなたは見る見る青ざめて、ますます美しくなっていく。
立ち上る湯気は、熱いしるし。
あなたには、やっぱりわたしと同じものが流れていました。

わたしを、誰かと作り出したはずのものが。
それならば、又、ここからなにかが生まれるでしょうか。
赤い波はひたひたと押し寄せて、裸足のつま先を染めている。
手にすくって、丸めてみる。粘土細工のように。
だけどそれは、指の間から滴っていく。
残ったのは、ぬるぬるとした感触だけ。
生まれない。これだけでは、生まれない。
誰かが息を吹きこまなければ。愛情を注がなければ。
ねえ、愛してた？
あなたの唇はいつも赤くて、鮮やかな色が、似合っていました。
わたしも、同じように。
あなたのルージュを盗んで、嫌われるのではなく。
なにより赤い、あなたの血。

ねえ、似合ってる？
あなたの色と、そして温もり。
わたしの中にも、流れているもの。
ねえ。
愛してた？

#「毒花」

赤い毒の花、
落ちて、
呑まれて、
足掻いて、
あさましく。
誰にもつかまれないのに、
伸ばした腕。
悲しく、
あさましく…

気が付けば、
笑いながら泣き叫んで、
光もない部屋で、
伸ばした腕。
まさぐって――

赤い花びらの縁、
人々は、
同じ表情。
見送って、
見届けて、
葬った。
合わされた手のひら。

祈りは、
なにに…？

音をたてて、
重い蓋。
空は、
閉ざされた。

闇の中、
浮かび上がるのは、呪いの顔。
傷は、
下手くそに縫い合わされ、
目の前に、

焼けただれた呪い。

足掻いて、
あさましく、
誰にも届かないのに、
叫び続けた名前、
誰のものだった？

空は消え失せ、
想う風、
匂いなら、
誰でもよかった。
重なっては、

溶けるほど、
強い匂い――

吹き付けたのは、
味のしない風。
ただ冷たく、
花片を撫でて。
それから、裂いた。
処刑の血の音。
彼らには、届いた？

笑いながら、
泣き叫んで、

光もない部屋で、
伸ばした腕。
誰にもつかまれないのに、
足掻いて、
あさましく、
捜すのに。

隣の寝息、
触れる肌、
遠くの記憶、
欲して、切り離した腕。
枕元に置いて、
そっと撫でる。

吐き出した息。
手をつないで、
頬ずりをして、
強く香った血の匂い。

なにもかもを消して。
闇を赤く塗り潰して。
懐かしく溺れる。
そのまま沈んでいくことを。
見届ける表情。
合わされた手のひら。
祈りは、
封印を…

「朝光」

そっと、外へ抜けたら、
夏の朝の匂いがした。
雨上りのような、
始まりを湛えた匂い。
記憶はいつも、遠くて、
褪せた写真のように、
動かない、紙のようで。
それでも、匂いから繫がるのは、
映像のない、感覚の記憶。
体に甦り、

わたしは、道端に屈みこんで、
吐き続ける。
黄色い胃液ではなくて、
言葉や、感情のたぐいのもの。
出元のわからない、記憶たち。
いくつものわたしが、
年齢もさまざまに、
重なって、出てきて、
抱え込み、
涙が、洗い流して、
また、繰り返す。

夏の朝。

放たれることを待っている、熱。
共鳴してしまう。

彼の指の感触を、
アパートに、置いてきてしまった。
代わりに、かさかさした手の記憶。
わたしは、時間を揺れる。
まだよく知らない、町の角を曲がりながら、
この空気を、
この空の色を、知っていると思う。
それだけで充分で、
わたしは、喘ぎながら、
歩く。

理由のない、
あるいは、ありすぎて、
追求できない、感情の混線。
彷徨って。
なにを、捜して…？

顔を、思い出せないのに、
手の感触を、知っている。
荒れた手は、固く、
擦られると、少し痛くて、
白く、冷たかった。
きつく繋がれていたのに、
離したのは、いつだった？

橋の上を抜ける風、
朝をまとって。
涙の跡を残しながら、
触れて…

かすんだ、夏の夜。
ぽつんぽつんと、
外灯が照らす、散歩道の境内が、
せつなすぎて、
わたしはそっと、
一人だけ、家族から離れて歩いた。
並んだ、後ろ姿を見送って、

わたしは、
自分が、夜に住むものだと思った。
月の光は、やわらかく、哀しげで、
ママが振り返って、わたしを呼んで、
パパが、それに続いて手招きするけれど、
わたしはそこに、
混ざれないことを知っていた。
笑いながら、
大きな手を感じながら。
その場に、
置き去りにされることを望んでいた。
そのまま、朝がこないことを。
望んでいた。

郵便はがき

恐縮ですが
切手を貼っ
てお出しく
ださい

160-0022

東京都新宿区
新宿 1－10－1
(株) 文芸社
ご愛読者カード係行

書　名					
お買上 書店名	都道 府県　　市区 郡　　書店				
ふりがな お名前			明治 大正 昭和　年生　歳		
ふりがな ご住所	□□□-□□□□			性別 男・女	
お電話 番　号	（書籍ご注文の際に必要です）	ご職業			

お買い求めの動機
1. 書店店頭で見て　2. 小社の目録を見て　3. 人にすすめられて
4. 新聞広告、雑誌記事、書評を見て（新聞、雑誌名　　　　　　）

上の質問に 1. と答えられた方の直接的な動機
1. タイトル　2. 著者　3. 目次　4. カバーデザイン　5. 帯　6. その他（　　　）

ご購読新聞　　　　新聞	ご購読雑誌

文芸社の本をお買い求めいただき誠にありがとうございます。
この愛読者カードは今後の小社出版の企画およびイベント等の資料として役立たせていただきます。

本書についてのご意見、ご感想をお聞かせください。

① 内容について

② カバー、タイトルについて

今後、とりあげてほしいテーマを掲げてください。

最近読んでおもしろかった本と、その理由をお聞かせください。

ご自分の研究成果やお考えを出版してみたいというお気持ちはありますか。

ある　　ない　　内容・テーマ（　　　　　　　　　　）

「ある」場合、小社から出版のご案内を希望されますか。

する　　　　しない

ご協力ありがとうございました。

〈ブックサービスのご案内〉

小社では、書籍の直接販売を料金着払いの宅急便サービスにて承っております。ご購入希望がございましたら下の欄に書名と冊数をお書きの上ご返送ください。（送料１回380円）

ご注文書名	冊数	ご注文書名	冊数
	冊		冊
	冊		冊

否定しながら。

彼女が「物」になったのは、
そういう、夏の日だった。
触れた頬は冷たく、固くて、
それだけだった。
泣いている人たちを、
ぼんやりと眺めていた。
熱い日差しも、
空の青さも、
蝉の声も、
いつもと変わらず、
そこにあったはずだけれど、

わたしにその記憶はなくて、
気が付けば、彼女は存在しない人で、
いつのまにか、一人で、
朝の中に立っていた。
まるで彼女と、同じに、
野菜をもいだ、籠を抱えて、
何度目かの夏に、気が付いた。
ずっと、
朝は、
わたしたち家族の中で、
彼女だけのものだった。

澄んだ空気と、

始まりの前の、静けさ。
彼女も一人で、
空を仰いで、
なにを、考えた？

閑散として、
誰とも会わなくて、
まだ、浅く眠った町。
いくつめかの角を曲がったとき、
犬を引いた人が、現れた。
もっと向こうには、
ベンチに座った、老人が二人。
気が付くと、

光は強まっていた。
朝が、かき消されて。

わたしは、振り返って、
もときた道を、戻りだした。
早足になって、
駆け出して。
まったく同じ、きた道を、
決して、迷わないように。

ドアを開いて、体を滑り込ませると、
彼の部屋で、まだ、
時間は止まっていて、

オレンジ色のカーテンが、
せまい空間を、朝焼けに変えていた。
伏せられた睫毛にキスをして、
大きな腕に、体を添わせる。
彼は目を閉じたまま、
わたしの頭の下に、腕を移動させて、
肩をなでた。
わたしはしばらく、静かに涙を流し、
ぼんやりと、目を開いていた。
カーテンを通り抜け、
部屋に、染みこみ始めた光は、
きらきら光って、
他に、なにも見えず、

彼の撫でる感触と、体温と、
耳の下の、鼓動と、
それだけが、世界だった。

遠い昔の記憶は、
憎んで、愛して、
褪せて、
消えなくて…

夏の朝。

まだ微笑の太陽、
頬に、触れていく風、

空を見上げて、微笑んだ？
夏虫の叫び、
つばめの会話、
同調して、
混ざれなくて、
空は高すぎて、
帰りたいと、涙して。
風に、慰められて、
泣きながら。
笑った？

同じであった？
ほんの、少しでも。

見ていた？
わたしを…。

著者プロフィール

冴 香（さやか）

1982年生まれ。
兵庫県在住。

葬の朝

2002年6月15日　初版第1刷発行

著　者　冴 香
発行者　瓜谷 綱延
発行所　株式会社 文芸社
　　　　〒160-0022　東京都新宿区新宿1-10-1
　　　　　　　　　　電話　03-5369-3060（編集）
　　　　　　　　　　　　　03-5369-2299（販売）
　　　　　　　　　　振替　00190-8-728265

印刷所　株式会社 平河工業社

ISBN4-8355-3953-2 C0092